KB188373

다시 고서를 읽다

다시 고서를 읽다

박헌태 시집

토담미디어

하루의 시간
일 년의 계절을
여한 없이 보내며
이따금
안달내곤 한다.

첫 시집 제호가
『未完의 서정』
여태도
서정시 한 줄에
삶을 묻곤 한다.

차례

1부

2부

3부

1부

변두리 아침

희부연 새벽이 두런두런 골목길 접어드는데
직장이 먼데 있는지 서둘러 또박또박 나서는 출근길
3층짜리 연립주택 꼭대기 창가에 젖먹이 업은 외할머니
물젖은 손을 마른 행주에 닦으며
나풀나풀 뒤꼍 지워지는 딸내미에게
잘 다녀오니라 나지막이 말한다
이유식 빠는 돌배기 아기는
멀어가는 에미 발소리에 생글생글 미소를 짓는다
변두리 도시 유월 아침엔
배롱나무 꽃들이 한가득 동네를 싸잡아
온통 분홍빛으로 물들이고 있더라.

봄볕에

고요에 둘러싸인
돌담

새 발의 피 같은
볕뉘

낱낱의
풀포기가
포옥 폭 안기네.

어스름녘

하늘 끝엔 노을
땅 끝엔 어스름

무리를 놓쳐버린
철새 한 놈

어둠을 강물처럼 건너며
묵묵히 나네.

비 젖는 바람 날개

사선을 그어가며
세찬 비가 퍼붓는다
주방 청소를 하느라 열어 둔 창 디밀고
길고 굵은 빗방울들이 파리 떼처럼
날아들어 퍼드덕인다
살벌해진
거실 바닥에
철퍼드득 주저앉아 멋대로 뒹구느라
갈 길을 잃어버리는
바람의 날개―.

계절

국화빵틀 뒤집듯
봄
여름
가을
겨울
순번대로
찰가닥 찰가닥
돌려가며 바뀌네.

겨울 고독

그해 겨울엔 강물이 얼었다 그 후로는
주욱 얼지 않았다.

실낱같은 하현달이 날름거리는 한강대교를
수리 중인 인부들의 참술 한 잔이 참방된다
겨울을 즐기듯 얼음지치기하는 청둥오리들

30촉 전깃불 같은
희미한 달빛 아래
멈추기만 하면 고꾸라질 사람 침침하게 간다

삶의 민낯은
어슴할수록 여실히 드러난다.

그 후의 고적함

한 달 닷새가 지났다

비워있는 방방이 냉기만 누웠다

시간을 만지작이며 맘 놓지 못 한다

하루하루가 초행이듯 낯설고 길다

어느새 라고 중얼중얼 뒤돌아본다

구석구석에서 아내 내음 삐져나온다.

혼자 타는 시이소

부부란 시이소 타는 거
한 쪽 끝에 혼자 올라
한 다리는 동게고
한 다리는 걸치고

섰다 앉았다
아무리 해본들
덜컹덜컹
소리만 요란하더라.

유월의 하늘

툭 치면
푸른 물 철버덕 퍼부을 것 같은
유월 하늘

돌 하나 집어 냅다 던지면
청포도 알들이 주루루루루
대가리에 쏟아질 것 같은 날

청태 낀 바위에
떡하니 포개고 앉아
건너 산 가랑이 설핏 엿보네.

날마다 청소하기

날마다 쓸고 털고 닦고 훔치고
해도 해도 줄기차게 나타나는
먼지들 앞에서
후!
한숨 한 번 쉬고 걸레를 접는다.

집 안엔 먼지들이 날리고
거리엔 쓰레기가 쌓이고
세상은 너무 부유해졌고
사람은 배가 자꾸 나온다

산에는 나무들이 총총총 자란다.

눈대중

멀리서 보는 산과 가까이 보는 산
다르다

산이 다른 게 아니라 사람 눈이
다르다

세상사 다 그렇게 그렇게 그렇게
다르다.

근심공장 헐어내기

마음 울타리를 헐어버리면
세상 바깥에로 날 수 있을까

0시 5분
그럴라치면 나는 새일까
티끌일까!

밤새 뭉그적거리는 잠
근심공장 뒷문이 닫힌다

천연덕스럽게
지나가는 밤중에도
잠들지 못한다.

대추를 털며

가지마다 휘어지게 달려 주렁주렁
무겁게 처지는 열매들 막 쏟아지려 하기에
양 팔뚝 알통이 튀어나오게 걷어붙이고
사정없이 밑동을 흔들어대며 무지막지
발길질로 걷어찼더니
투두둑 투두둑 하며 지축을 때리기에
후다닥 소쿠리 받쳐주자 토실토실 반질반질
알알이 토해내는 배알까지도 통통하다

저만치 가을이 뒤돌아보며 빙그레 웃는다.

문어에 대한 고찰

뼈대도 없는 것이 몸매 엄청 잡는다
껍질도 없는 것이 매끄럽기도 하다
물컹한 살인데 매우 질기기만 하다
한 바구니나 되는 몸을 콧구멍만한
구멍에도 집어넣는 재주가 가상하다
인생사 저럴 바 아니겠느냐 하면서도
싸잡아 원통할 일 어디 있겠나 싶다.

시알의 씨앗

머리에 쟁여둔 시의 씨앗을 가슴에 옮겨
솔솔솔 뿌려 두고
싹틀 날 올 때를 다소곳이 기다렸더니
봄비 다녀 간 연후에 뾰족뾰족 발아를 시작한다

마음 열어 푸른 바람 들였더니
파래진 떡잎마다 몽글몽글 매달리는 봉오리에
미사여구 달랑인다.

함께 또는 혼자

비 오는 날은 비하고 놀고
눈 오는 날은 눈하고 놀고
바람 부는 날은 바람과 놀고

혼자 살아 좋은 다섯 이유는
방귀뀔 때, 코골 때, 중얼중얼 씨부릴 때,
노팬티로 티비 볼 때,
벽보고 마주 앉아 멍때리기할 때.

봄이 등산하네요

봄이 등산하느라 큰 욕본다
산 자락에서 꼭대기까지 오르는데
여러 날이 걸린다

등 떠밀어주는 바람
물고 늘어지는 비탈
꼬박꼬박 챙겨 정상에 오른
봄의 얼굴에 철쭉빛깔 화색 푸드덕인다.

세월의 등짐

사람의 등에는 귀가 있다
앞을 보고 가면서 뒤를 듣는다
젊었거나 늙었거나
등이 외롭지 않는 사람을 본 적이 없다

빈 등에 낡은 배낭을 메고 가는 노인이
자꾸만 뒤를 넘본다
지나가는 세월이랑 못 다한 사랑이랑
이 생각 저 생각들을 공깃돌처럼 만지작이며
생의 주마등을 등짐처럼 지고 간다.

바다의 새벽

한밤중에 탄 열차가
가다가 대전 대구까지 태우고
단 걸음에 부산항에 냅다 부린다

깜짝 놀란 새벽 바다가
기다렸다는 듯 후다닥 일어나
열린 내 입술을 마구 훔쳐간다.

참 상쾌한 세상이 여기였구나.

시월 밤

막 건진 물미역 같다

한 쪽 뚝 떼어내
진 빠진 엉치뼈에
턱하니 붙이고
달빛을 밟는다

밟힌
달이 꿈틀꿈틀 뒹군다.

가을 산책

부실해서인지
짐작이 그러한지
귓속에 척 들었는지
걸음마다 대중없이
귀뚜라미 소리가 귀뚤귀뚤 한다
바람 아래 가만가만 걸을라치면
깃 달린 종잇장처럼 팔랑팔랑
날아 오르기도 해쌓고
철 지난 포도송이 듯
치렁치렁 무거워지기도 한다
혼자인 사람
더 소슬해지도록
선듯해진 가을 건성건성 걷는다.

비 젖는 깃발

저 소리
우는 걸까
웃는 걸까

비 까지 내리는 날
깃발 하나 매달려
나불나불해대네

질척한
몸짓이
버거웠다
만만하다 하네.

입이 심심한 날

비 내립니다

맛있는 풀이 수북수북 자랍니다

심심한 입이 전어 굽는 냄새 씹습니다

빼빼한 쇠꼬챙이가 혓바닥을 뒤집느라
꼬물락꼬물락 거립니다

느슨한 갈비뼈 뻐근해지더니
치통 복통 관절통이 난리버꾸통 칩니다

철통같은 속아지에 고속도로 뻥 뚫립니다

빈 그릇들이 수북이 쌓여 북새통 칩니다.

풀을 뽑으며

풀은 태초에 생명입니다

맨 먼저 돋아 가장 나중에
몸져눕는 핏줄입니다

움켜쥔 풀이 손 안에서
새 새끼처럼 할딱입니다

소나기 한 줄금 하려는지
천지사방이 시커매집니다

하늘이 무너지려 하는데도
땅은 끄덕도 않습니다

어렴풋들이 어슬렁입니다.

다시 고서를 읽다

조락소리 자분자분하다
책 속에 사색을 묻는다
문자의 행간 깃털 같다

행과 문장 사이를
도토리 알처럼 구르는 눈알이
구렁이 담 넘어가듯 한다

우러나오는
달착지근함이
푹 끓인 보리숭늉같이 구숩다.

새해 새벽에

편
손에
내려 쌓이는
여명을 받으며
정갈한
맘
곧추 세운다.

실없는 시비 걸기

꽃들은 먼저 핀 꽃이 먼저 지더라
사람도 순번대로 나고 죽고 한들
누가 딴지를 걸겠는가

시집을 내어
맨 먼저 아내에게 부치려 하는데
부칠 길 없네
멀어서 못 보면 냄새라도 맡으라고
창가에 내놓네

흐드러지게
피고 지는 꽃잎 앞에 넋 놓고 앉아
먼저 간 아내에게 대놓고 시비 거네.

동전의 추억

횡단보도에 동전 한 닢 또르르 구른다
오가는 사람 누구도 그냥들 밟고 간다
동전은 억울하다
일 원짜리 오 원짜리
십 원짜리 백 원짜리
짜리들이 판치던 시절
집집이 아이 어른 가릴 일 없이
톡톡 집어넣어 키워낸 돼지저금통
나는 그때보다 지금이 더 부자다
지금 내 부富, 동전이 키워낸 것이다.

마음 다스리기

강과 바다가 만나면 강은 짜지고 바다는 싱거워진다

늙은 바위 귀가 닳을 대로 닳아 새소리 듣지 못한다

노느니 염불이라도 하라 하지만 염불도 그냥 안 된다

천겁 빗방울에 억겁 돌 틈이 눈치 없이 벌어져간다

억울하게 당한 누명 발설하지 말라고 자물통 채운다

고개만 들면 하늘이 보이기에 망연자실할 수 있다

대쪽같이 살아내기란 나무 저楮 쪼개기 보다 더 힘들다.

한적한 가을 저녁

가을엔 눈이 밝아지고 코가 뚫어지고 귀가 맑아지네
행간이 느슨해지며 저무는 시간 파본으로 처리되네
수월찮게 많은 꿈들 꿈꾼 적 있었지만 황혼이 흐르는
가을 하늘에 두 발을 번쩍 쳐들고 뛰어내리고 싶네

범보다 무서운 디지털 세상을 어질어질 살아가네.

내 안의 다름

물처럼 흐르고 바람이듯 불고
사는 것과 살아내는 건 다르고
빔空과 참滿이 수시로 동참한다

시 한 수
점에서 선으로
선에서 원으로
원을 꺾어서 각을 만들곤 한다.

손수건을 빨며

내 오른쪽 엉덩이 납작이 붙은 바지 주머니에는
꽃무늬 손수건 한 장이 한결같이 들어 있습니다
아내 생전에는 수시로 다리미질 해주어 빳빳했었는데
그간의 세상을 살며 흘린 눈물 콧물 입물들이 버짐처럼
번져 이제 더는 수건이 아닌 걸레가 되어 애잔스럽습니다
물에 담가 양 쪽 귀때기를 펼쳐 잡고 흔들 때마다
씻겨나가는 구정물 속에 내 생 애환이 덩실덩실 퍼질러집니다.

하산하므로

산정에서 훤히 둘러보니
산들은 파도치듯 밀려오고
능선들이 강물처럼 구비친다

올라 갈 때 쥐어짜인 손발이
내려 올 땐 잘도 껑충거린다

가을이 질러 간 들판에
빈 농약병 머리를 처박고 있다

어서 가는
사람들 발소리가
빗방울 치듯 요란하다.

타인이 사는 이웃

앞집 옆집 아래 위층 다 붙어
친구도 아닌
안면도 낯선
누가 누구인지도 몰라
살가울 리 만무하겠지만
이사 온 앞집 신접살이 새댁
노점에서 샀다는 반시 한 봉을
넌지시 도어록에 걸어 놨더라
사소한 잔정에도 울컥해지더라.

늦가을 저녁답

밑줄을 그으며 가는 볕살
허공이 치수를 높여가고
깨금발로 불고 가는 바람
성걸어지는 가지들 사이
듬성듬성 행간이 넓어진다

후두득 후득 떨어지는 소리들
부엌에 바글거리는
새꼬롬한 청국장 내가
경추를 들쑤셔대며
빡빡이 졸아드는 늦가을 저녁답.

이유 있는 삶

이 나이에
살아 있다는 것은
그닥 행복하지는 아니해도
고맙기는 하다.

지각없이 신세 한탄하거나
이런저런 일 훼방 놓거나
함부로 거들먹거리지 말고

사랑도 하고
우정도 다지며
살풋살풋 살아가란 뜻이다.

처럼이 차곡차곡

서랍 속에 담아둔 엽서처럼
앨범 속에 붙여둔 사진처럼
장롱 속에 걸어둔 헌옷처럼
책장 속에 꽂아둔 고서처럼
기억 속에 쌓아둔 추억처럼
가슴 속에 모셔둔 사랑처럼
아내 생각 고여둔 마음처럼.

봄내 나네

바람이 바람났는지
눈앞에서 알짱이고
코끝에서 살랑이네

장난기가 동하는지
맨살의 겨드랑이를
살짝살짝 건드리네

꽃들이 눈치를 챘는지
방실방실 입 가려 웃네
천지사방이 봄 향내네.

세상은 공사 중

카톡! 카톡! 카톡!
나의 잠은 아직 한밤 중이고
분간 없는 꿈 헤매고 있는데
옆 집 드럼세탁기 돌아가는 소리
덜덜덜 흔들어 깨운다

간밤에
흐트러진 도덕과 무너진 질서
공공의 적 때려 잡는 호루라기 소리들
요란하게 짖어대는 지금
사람의 세상은 공사 중이다.

저만치

저만치만큼 좋은 거리는 없다

멀지도 가깝지도 아니 하는―

마음이 가고 오는 데 하등 지장이 없는―

저만치―

꽃들은 피고지고―

산은 철 따라 풍경을 변해가고―

사람은 끼리끼리 더불어 살아 내고―

세월은 어제 오늘 내일 순번대로 바뀌고―

세상사
저만치 두고 보면 아름답기 그지없다.

산에서

산은
산
너머에도
산이 있고
산
그 뒤에
또 산
천지가
다
산이더라.

소소한 일상

기지개 켜는 아늑한 새벽

포옥 싸안는 포동한 햇살

머리맡에 쭈그려 앉았던
시간의 섬이 자리를 뜨네

꽃병의 꽃들 서로 껴안네

오늘은
그냥저냥 살아지겠네.

2부

못 쓴 시

요새 시 한 줄
못
썼
어
요
맥 놓을 때 더러 있죠
왜요
그
냥
요
빙그레 웃자 잇빨에 끼인 금쪽이 반짝 한다.

비 오는 날 오후

비올라 몇 포기 심어 놓고 수시로 비올라 비올라 했더니
꽃 필 때맞춰 보슬비가 내리어서

토독 토독 토독 실로폰 소리로 터지는 꽃봉오리들
먼저 핀 꽃잎 두어 장 솎아 따 동동동 따순 찻물에 띄워
꽃차 맹글어 마시는 비 젖는 날 오후

혹여
주전부리할 뭐 없나 하고 찬장 구석구석 뒤적여 살핀다.

옹달샘

손거울 같네

빤하게 보네

햇살들이
요모조모
비춰가며
말똥말똥
웃어쌓네.

맛난 아침

부엌엔 아욱국 끓고 창밖엔 비 옵니다
냄비 뚜껑은 달달달 목청을 높여 끓고
샤워하는 나뭇잎들 초록초록 해쌓며
통통하게 살 오르는 한적한 아침나절
싱글벙글 저절로 콧노래 기어 나오는
맛난 비 내리고 있습니다

밤새도록 오지게 쩔은 잡념들
한 줌 한 줌 나붓나붓 접어서
창밖 촉촉한 세상에 방생해 줍니다.

바다로 물 가듯

갈길 따라
가고

모양대로
흘러

그단새
바다에
당도하겠네.

바람의 춤

입을 쩌억 벌린 바람 달려들자
산발한 머리로 깨춤을 추는 숲
부딪히며 팔랑거리는 풀잎들이
자지러지게 거품 무는 파도들이
덜컹덜컹 거리는 골목 간판들이
껑충거리며 난리버꾸통 쳐댄다

세상의 어깨들을
팔랑개비처럼 뱅글뱅글 돌리는
바람의
춤.

나른한 풍경

펑펑 눈 내리기에 포돗히 창을 젖혀
하늘에 대고 입술을 내밀자
한눈에 알아보고
쪽!
소리 나게 맞춘다

밥 앉히던 손을 인덕선 불에 쬔다
날아가는 새는 돌아보지 않는다.

약수터에서

손가락 담그면
대파처럼 싱싱히 자랄라나
한 모금 마시면
유리병처럼 새파래질라나

간밤 샛별들
눈시울 헹궜는지
반짝거리는 눈곱이
찰랑찰랑 나붓나붓
떠다니고 있네.

비워가기

버릴 것들 사진 찍어 폰에 옮긴다

비우고 치우고
없앤다고 분산을 떠는 손짓들을
구석구석 도사린 헌 것들 째려본다

한때는 좋아라 죽자 사자 했는데
뒤끝 없이 헤어지면 오죽 좋을까

찜찜함이 온종일 졸졸 따라 다닌다.

네 잎 클로버

두 잎도 다섯 잎도 아닌 그 숱한 세 잎들 속에서
네 잎 클로버 딱 한 장을 따서 신주 모시듯
살갑게 책갈피에 숨겨두었네

함박눈 내리는 웬 날
심심해서 뒤적인 낡은 책에서
누르스름 마른 꿈 한 잎 고스란히 찾았네

그 밤 꿀잠에는
내 고향의 새파란 들녘이 요대기가 되네.

꿈 찾은 날

세상사 알 듯 말 듯
고만고만한 또래
깨벗고 커 가면서
사랑이 알쏭달쏭할 때
대관절 무엇도 두렵지 않을 때
터질 듯 깨질 듯 아슬아슬하게
엇비슷이 살아낸 한 세상을
깨소금 인생사 안주 삼아
찧고 까불며 부둥켜 안고
거하게 한 잔 하는 날.

꽃봉오리

아직은 아닌 꽃들이 서로 눈치를 보며
니가 먼저 필래 내가 먼저 필까!
때 이른 봄날 바람이 차서
얼씬도 하지 않는 벌 나비들 눈치 다툼할 때
따순 햇빛 덮어쓰고
까닥까닥 고개로 흔들다 말다 하는 꽃밭의 삐약이들.

그늘의 동선

까치 모양의 동선이 까악까악 짖자
바람 탄 이파리 다투어서 팔랑이고
뿌리 근처엔 퍼런 바다가 출렁인다

숲들의 깨춤이
바장조 리듬을 따라 방석을 옮겨 간다.

부엌칼은 녹슬지 않는다

손에 쥘 때 마다 손목이 저려 옵니다
50여년 세월에 날이 죽어 뭉툭해진
아내의 부엌칼

쓴맛 단맛 매운맛 비린맛들 원 없이
다 맛보느라
삐딱하게 닳았으나 녹슬지는 않았네요

오늘 묵은지 한 포기 꺼내 한 칼 했더니
짜리몽땅해진 칼자루에 씻뻘건 핏물이
넌지시 번지네요

아리까리한 칼 맛이 제법 칼칼하네요.

싶어

살고 싶어
죽고 싶어
보고 싶어

살아가다 보면
엄중한 고비 마다
'싶어'를 애걸해대는
인간사 간사함이여.

컵을 통한 명상

비어 있는 컵은 담겨 있는 컵 보다
가볍다
담겨 있는 컵은 비어 있는 컵 보다
불안하다

다부지지 못한 인생살이도 그렇다
오나가나 이것저것
삐딱한 것들만 보인다.

인간들의 호들갑

호들갑 떠는 인간들 좀 보소
걸핏하면
억울해 죽겠다 보고파 죽겠다
목말라 죽겠다 배고파 죽겠다
기막혀 죽겠다 창피해 죽겠다
똥 마려 죽겠다

너스레를 떨어대는 엄살들이
창피해 죽겠다.

녹차를 마시며

둥근 달이 계란 노른자처럼 찻잔 속에 두둥실 떴다

야심한 밤 양반 다리 꼬고 근엄스럽게 동개고 앉아

허풍떠는 모양새로 두 손에 번쩍 들고 후루룩 마신다

내 눈은 사팔뜨기이고 색맹이라서 두루뭉술만 본다

내가 청맹과니인 건 하늘의 변덕 때문일 것이다.

헐렁하게 물렁하게

생긴 대로 살라한다
헐렁물렁이 목숨부지의 고차방정식이다
삶이란 도전이 아니라 타협이고
흔들리는 것은 내 탓이 아니다
시간의 흐름에 종이배 한 척 띄워두듯
덩실덩실 살면 만고에 편타

사는 듯이 보내야 하는 세월
박살이 나더라도 그렇게 살기는 싫다.

낙조에 멀건하기

산란을 다한 해가 오므려진다
하늘은 잘 구워진 청자색이다

추억의 평수가 넓고
깊을수록 인생 부자다.

여행의 끝내

다리야 허리야 아이고 손모가지야!
짐가방 던지자마자 사르르 솜사탕처럼
녹아드는 피로
거실 의자에 기대앉았는데도 등이 덜컹인다

이번 여행지는 독일
밤에도 밤, 낮에도 밤이었던 파독광부 삼 년
삶의 목줄이었던 땅 속 1,000m 수직갱도의
밧줄을 끊어버리고 왔다

내 삶의 전장이었던 서부독일 탄광촌
목숨 걸고 동고동락했던 시절 회희낙락하고 왔다
날마다 저승사자와 사투를 벌이다 지상에 나와
언제나 처음처럼 쳐다본 별빛과 헤어지고 왔다.

뒤척거린다

내 앓고 있는 병은 그 시절 골병된 유전병이다

밤 새 아프고 외롭고 그립고 눈물 나던 추억들
고스란히 놔두고 왔다.

하늘 흐린 날

물이다가 불이다가 한다
헐렁해지는 목숨에 간주곡을 틀어 준다
보이는 것들 너머 보이지 않는 것들 본다

휘어진 지점
막다른 골목에서 차렷 자세로 섰다가
거기서부터 지팡이 끝으로 더듬더듬 한다
사방이 유리벽이다.

하늘이다가 바다다가 낙타 등이다가
벽창호 같은 놈이라고 걷어차기도 하다가
까맣던 하늘이
미친 놈 술 깨듯이 훤하게 개일 때쯤
두들기던 바람들이 벽에서 물러선다

안중에 없던 포장들 차곡차곡 접는다.

장미원에서

보면서 웃고
웃으며 보다가
꽃 한 다발 보낸다

차마, 손으론 못 잘라
마음으로 자분자분해
바람 편에 보낸다

여태도 나는
자주색 장미만 보면
너의 품에 안기고 싶다.

파도 곁에서

무슨
할 말이
이다지 많은지
사르락 사르락
혓바닥을 들이댄다

바다는 왜 시퍼렇고
파돈 왜 쉬지 않는지
멍청한 생각만 하다
일 없다는 듯이
일어선다.

봄 풀

눈이 쏟아졌다고 강풍이 쓸어갔다고
풀은 죽은 게 아니네

삼동이 짓누르고
씀덕한 칼바람 밟고 간 자리에도

봄내 솔솔
상처에 새살 나듯 파릇파릇 새싹 돋네.

낙서하기

주변머리 없이 염장을 찌르며
찧고 까불어대며

할 말
못할 말
속내 탈탈 털리는 게 낙서다.

도시의 허니문

이 도시에 처음
첫 아파트 지을 때 벌집을 떠올렸는지
양봉업자가 건설업으로 전업하였는지
벌통같은 아파트를 포개포개 짓자마자
벌떼같이 모여들어 허니문들 바글이네.

사는 곳이 낯설다

내 인생 반세기를 같은 동네 같은 집 같은 방에 산다
한 생애라는 게 고작인데 이제 이곳마저 내놓으라고
어제는 등짝을 들쑤시고 오늘은 엉덩방아를 찧게 한다
낯설고 성가신 게 늘어나며 고달픔이 점점 깊어지면서
맨 날 하는 일들이 버거워진다

오늘은 눈이
평
　　평
　　　평
사정없이 대가리에 쏟아진다.

내게 오늘은

오늘이란
목숨 붙어있는 날

고개만 들면 하늘을 볼 수 있고
머리 숙여 대지를 살펴 걷는다

멀쩡한 두 다리로 걷는 것
더는 사치라 여기라는 것!

무책이 상책

이 생각 저 생각들을
근심걱정에 담갔다 건지기를
하루도 빼지 않고 반복한다

한 줌 두 줌 씩 감춰두었던
비전들을 눈 앞 염탐꾼들에
옛다 엿 먹어라 흩뿌려 던진다

불던 건들바람 눈 찡긋 한다.

그래 하라

다 닳은 끝물 인생
텀버덩 나자빠진다

시도 때도 없이
경박하게 나불대는
입술을 살해하고 싶다.

골짝 물에 휘감기며

산골짝 물살이 당차게 흘러가면서 내 발목 휘어잡네
송사리 떼들이 줄이어 헤엄치기 경주를 하고 있네
지느러미 곧추세우고 꼬리를 냅다 흔들며 달리네

가파른 상류에서 느린 하류로 달음박질치는 물살들
뼈 없는 물이 근육질로 다져져 만만한 상대가 아니네.

노인의 친구

노인 앞에 노인이 앉는다

낯선 얼굴에 놀라 멀뚱한다

믹스커피 홀리며 마시는데
틀니가 털컹거린다.

노인은
여럿이어도 혼자고
막 떠들어도 무슨 소린지 모른다.

백일몽 꾸기

수놓듯 땀땀이 먹은 마음 한 순간에 풀어진다
속에서 열불이 나다가 순식간에 픽 꺼져버린다
물처럼 살려고 살려고 했는데 그거 하나 안 된다
사랑은 능력이 아니라 기회라고 하기에
한세상 엿보던 틈마저 놓친 후에야 마음 다잡는다

늙으면서 자꾸 나도 한때는 한때는 되뇌인다
무게가 최고일 때를 들먹이고, 힘이 한창일 땔
거들먹이며 큰소리치다가 깜짝 놀라기도 하고
가버린 왕년을 자랑질하다가 멈칫 멋쩍어 하고
속을 대중없이 털어놓는 실언 탓에 실소한다.

혼자 사는 법

외로워서 못 걷겠네 혼자서는 즐길게 없네

몰라도 물어 볼 수 없고 알아도 말 안 하네

홀로인데도 두리번거리며 자꾸 민망해지네

옆도 앞도 보면 볼수록 가물가물 멀어지네!

한솥밥 먹는 식구들이 없어 혼밥만 하네.

철거되는 봄

봄 되면 아내는
새 화분을 사들이곤 했다
맨드라미를 좋아 했었는데

꽃은 올해도 피고지고 서너 번
눈물 묻혀 지나가는 4월 12일
아내 기일이 봄을 철거해가네

분홍이었던 한 시절 문 닫는 소리
오래 살아도 언제나 낯선 도시의
타인인 난 목 긴 왜가리가 되네.

먼 먼 날의 봄길

뒷등에 사선으로 질러 책보를 들쳐 메고 들길을 가는데
배가 고파서 그런지 편두통이 욱실거리며 눈알 흔들었고
집에 가봤자 엄마는 들일 나가고
여동생 혼자 집을 지키고 있을 뿐인 그런 봄날
걷어 부친 종아리가 뻐근하게 무거워지며 절뚝이는데
어디서 나타났는지 건들바람 한 자락이 바짓가랑이 들치고
쓰담쓰담 알불알을 흔들어댔지
옥빛 같은 햇살이 찰랑찰랑 들판에 그득 넘쳐나던 고운 날
고향이 그리운 건 그때 그 아리따운 기억 알짱거려서이다.

그러긴 그러네

바람은 천 길 낭떠러지에 떨어져도 상처 하나 입지 않네

추억은 머리에만 담겨있는 게 아니라 사지육신에 새겼네

망상은 틈만 나면 한눈 팔고 비끄러매놓아도 지맘대로네

갈비뼈 들락이는 통풍은 작년의 그 바닷가 파도소리였네

인생은 끝까지 살아 봐야 안다고 무지막지한 말들을 듣네

애탕가탕 살아봤자 별로 남는 장사가 아님을 늦게 깨닫네.

착각은 힐링이다

팔십여 년을 데리고 산
내 몸뚱어리 아직도 맘대로 안 된다
살아오며 보고 배우고 친해진 짓들
쥐락펴락 안 된다
너무 잦은 실수는 일상을 흐트리지만
이따금의 착각은 꽉 막힌 인생수업
물꼬를 터주는 힐링이 되더라!

삶이란 게

산다는 건
죽기 전엔 도망 못 치게
문 닫고 달리는 기차다

늙는다는 건
동물성에서 식물성으로
바꿔지는 거다

고독에
꼬투리를 잡히면
죽기 전엔 놓아주지 않는다.

양은주전자를 탄하며

성한 데라곤 없는 몰골로 달랑달랑
쭈글쭈글해져 야박하게 걸려 있다

무엇인들 변하지 않을까마는
명동 학사주점이 북적북적할 그때
우리들 청춘은 싱그러웠고
양은주전자는 반짝이는 기백이었다

해물파전에 막걸리를 마시며 고래고래
나라를 걱정하고 자유를 외치고
독재를 규탄하고 세계평화를 부르짖던 시절의
화려한 추억들이 깡말라 붙어있다.

3부

입추 무렵

투둑
낙엽 한 잎
발길에 채인다

횟뜩
돌아보는 저만치
멀어지는 여름 등짝

후딱
가슴을 보듬어
첫 단추를 채운다.

겨울을 질러가는

또각 또각 또각
소주 일 병 지나간다
투벅 투벅 투벅
소주 이 병 지나간다
터벅 터벅 터벅
소주 서너 병 지나간다

빼빼한 등에 업힌 지친 하루가
썰렁한 골목길 비틀고 지나간다
찬 데서 달려 온 바람 소리가 쿵쾅
덜 닫힌 창문 앞에 부려지고 있다

너덜너덜한 속옷 한 벌,
먹다 남은 짠지 꼬다리
비닐봉지에 쑤셔 넣는다
봄 오시는 발자욱 소리
사알살 잦아지고 있다.

독백

생각다보면 그리워지고
그리워지면 외로워지고
외로워지면 쓸쓸해지고
쓸쓸해지면 흥얼거려지고

중얼중얼하다가 비실비실 놀라
허파에 바람 새는 소리

하늘이
새파란 밤엔
더 많은 별들 밤마실 나오는지
창공이 별천지다.

바다 너머

멀리 뵈는 수평선 깎아놓은 청석 같네

귓속을 파고드는 해조음에 흥분되네

갯바위에 부딪혀
뭉그러지면서 철벅이는
너울성 파도가 산처럼 수북이 치솟다가
흐느적거리며 수심 속으로
대머리를 들이 디미는 용트림들
고래등 같네

지구가
바다에 안겨 둥실거리는 표주박 같네.

늙는 문

열고 닫을 때마다
닫히는 게 싫은지
열리는 게 싫은지
아니면 둘 다 싫은지
더는 문이기 싫은지

삐거덕삐거덕
뼈대 무너지는 소리만큼씩
낡아 가고 있네.

미래의 시

옛날엔
시라는 게 있었지
그게 뭔데?

간보기지
웃음이나 울음보다 짭짤하지
내일부터 AI가 대신 할라나 몰라

그때도
시가 살아 있을라나 몰라!

비 맞는 나무

사람은 우산을 썼고 나무들은 비를 맞네

사람은 가고 오고 하고 나무는 그냥 섰네

혹은 본 듯, 혹은 안 본 듯, 혹은 혹은 혹은…

풀

풀은 땅의 머리카락이네
이른 봄 수북수북 자라다가 가을엔 듬성듬성
허옇게 성글어져 햇빛에 시달리네
풀들이 지켜내지 않았으면
땅은 대머리가 됐을 것

풀은
'초록의 처음'이자
'생명의 끝내'일 것이네.

소나기 오는 날

우당탕 우지끈
뛰어내리는 소리
땅이 배 터지는 소리
아스팔트가 출렁대는 소리
포말이 발길질에 차이는 소리
풀이파리들이 기절초풍하는 소리
물에 빠진 개꼴이 되어버린 풀 소리
통째 튀어와 울퉁불퉁 날뛰는 차 소리
생갈비 구워먹으며 터지는 함박웃음 소리.

추억의 생존법

뜸한 가로등을 걸을 땐

달짝한 추억이 호가호위한다

숨죽인 그리움들 나직이 엄습한다

긴가민가를 두고 상투잽이들 한다

추억에도 살릴 것과 죽일 것이 있다.

노거수老巨樹

집 앞 공원에 큰 나무 하나 서 있다
얼마나 오래 살았는지 한 그루가 숲이다
턱턱 갈라진 목피를 두르고 아름드리 몸으로
대지를 디디고 우람한 어깨를 한껏 넓게 펼쳐서
늠름하도록 턱 버티고 서서 하늘을 떠받치고 있다

초록 잎 머리 풀어 훈풍에 휘날리다 홍엽으로 지우며
새새년년 흘려보낸 봄 여름 가을 겨울 지난 자국의 혹
얼마나 더 살지 몰라도 올 겨울 혹한 견뎌내려나 몰라.

말 걸 목록

그런 헛인사 아예 하지 말 걸

눈 똑바로 뜨고 대들지 말 걸

잘 살지 못한 일 형편 탓 말 걸

비를 맞더라도 달음박질 말 걸

그 친구 장례식에는 가지 말 걸

첫눈 오는 날 약속 지키지 말 걸

싫다싫다 그런 소리하지 말 걸

사람 앞에서 잘난 체하지 말 걸

아내 면전에서 침 튀기지 말 걸

이런 생각 애초에 하지도 말 걸.

먹자골목 밤에는

하나 둘 가로등이 켜지면
사람의 자유가 나대네

기웃거리는 웃음소리가
차고 넘쳐서 혼곤해지며
너트와 볼트 같은 우정이
징하게 버글대네

이 골목 문전성시에는
향기 없는 꽃은 있어도
친구 없는 사람은 없네.

안부

잘 있냐?
찡해온다

아픈 데는 없고?
울컥해진다

무심을 원망하던 마음
죄스러워진다.

능소화 피는 시절

작열하는 뙤약볕에 능소화 피었다.
사열 받는 병사들처럼 나래비 서서
나팔처럼 벌어진 주황빛 꽃잎들이
띄 띄 띄 피고 있다.
저 꽃 색 누굴 향해 앙모하는 연정인지
아름답기보다는 오히려 소름 돋치게
사람의 세상을 넌지시 짚어보고 있네.

빈 의자

우리 집 식탁에는 네 개의 의자가 놓여 있고
그 중 세 개는 빈 의자다
더는 앉을 사람이 없다는 걸 알면서도 못 치운다
그냥 비어있는 게 아니라 추억이 앉아 있어
쉽사리 손대지 못 한다
나와 동거하는 외로움이 몇 개나 되는지는 몰라도
비오는 날은 의자마다 그리움이 턱하니 앉아 있고
계절이 바뀔 때 마다 더욱 단단히 자리에 매달린다
시월 들면서 바람내가 달라지고 하염을 깔고 앉은
염치불구들과 하루 종일 기싸움하고 있다.

아침 이슬

아침이 영롱한 건 이슬 탓이네
풀잎 잎잎이 맺혀
해맑은 햇살에 반짝반짝 하네

하늘에서 별빛이 떨어졌을까
흙속에서 윤슬이 돋아났을까
무릎을 꿇고 빼꼼이
이슬의 눈을 들여다 보며
애기에 하듯 까꿍 하네

재롱 떠는 내 눈 속으로 구슬처럼
굴러들어와 송글송글 구르는 방울들
눈 깜박하는 그 틈새로 사라질까 봐
안절부절 일어서질 못하네.

여름의 뒤태

신선한 것이
두드린다 싶어 문을 여니
왈칵 쏟아지듯 들이미는 가을
어느새 추억으로 길을 잡는 여름의
뒤태에서 맹렬한 기세가 성글어지고
비잉 둘러앉아 나누던 일상사들이
하나 둘 기억 속으로 저장되며
건들건들 창에 서성이네.

관조

서 있다는 건 더 가려는 거
고개를 드는 건 그립다는 거
머리를 숙이는 건 외롭다는 거

빈 동공으로 하늘 쳐다보는 건
세상살이 그닥 미련이 없다는 거.

빈병 되어보기

빈병치고 뚜껑 있는 게 없더라

쏟아질 게 없어 참 편안해 보이더라

자유 평화 평등과 나란히 누웠더라.

겨울나무처럼

더는 벗어버릴 게 없는 맨몸입니다

통뼈 들이대고 하늘을 떠받칩니다

줄창 곧은 가지 나선형 굽어집니다

선뜻 놓아준 미련 후딱 돌아옵니다.

어제 그제 오늘도 비에 푹 젖습니다

고스란히 서서 말라들고 있습니다

쭉정이 다된 육신만 덩그렇습니다.

분수만큼만

연잎 위에 내리는 비 언제나 무게 만큼만 담긴다
하얀 그림자는 없는데 새빨간 거짓말은 있단다
사람의 몸에서 가장 가벼운 게 입이라 하잖더냐.

지극히 단순한

인생은
죽도
밥도
아니다!

그럼 뭔데?

가을 비

가을 빈
안 보고
듣는 것

추적추적
젖어드는
차가운 소리

눈동자를
앓게 하는
성긴 그림자.

옛날 식구

사람이 여덟
개와 소, 시계 도합 열하나
아침 밥 저녁 죽 하루 두 끼 먹던
식구들 중에
죽만 먹인 소와 밥만 먹인 시계
소죽 퍼줘라
시계 밥 줘라
꼬박꼬박 챙기라고 귀에 못이 박혔지
토실토실한 햅쌀도 볶아 먹곤 했었지.

그림자놀이

겨울바람은 문풍지에 입을 대고 휘파람을 불어 쌓고
들 건너 이웃 동네에서 개 짖는 소리 들락거릴 즈음
우듬지에 묻어두었던 배추 뿌리랑을 꺼내 밤참했다
뿌연 보름 밤중 눈이 내리며 포동포동해지는 마당에
후딱 뛰쳐나가 그림자밟기하느라 날 새는 줄 몰랐다.

추억 속의 낭만

봄바람이 수시로 입술을 훔쳐 간다
일방적으로 당하면서도 기분 안 나쁘다

세월이란 빼고 더하는 더듬수가 아니다
프로방스 게스트하우스에
반만 마시고 놔두고 온 로마네뽕띠 굴뚝같다

생각나는 걸 생각나지 않게 하는 건 골칫거리다
늘 회색을 드리우고 흐르는 세느강 물그림자
백말만한 소녀 훔쳐본다는 건 기절할 일이다

달짝지근한 추억들이 뜸들이기를 하는 동안에도
질펀한 거리를 스치듯 지나가는 얄궂은 비.

북어에 대하여

살아 내내 마시고 뿜었던 바닷물
바람에 실어 하늘로 보내고
더는 뱉어낼 게 없는 아가리 쩍 벌려
집게에 매달려 달그락 달그락 말라가고 있다

비린내까지 다 날아 간 몸뚱어리에
쬐금 남은 소금기 하얀 햇살받이로 반짝이며
말라붙는 눈꺼풀 사이로
꼬들꼬들 찌그러진 눈알 두 개가 망연자실
쳐다보는 낯선 세상이 몹시 황당한 듯
홀쩡거리고 달랑달랑한다.

변방의 달밤

빤한 하늘에
호박 같은 달 둥글둥글 떴네

훔치듯
달빛바라기를 하는데

한 발만 삐끗하면
허공에 나가떨어질 것 같네

변방의 도시에
흔치 않는 사람내를
두런두런 풍겨주는 취객들.

여행의 합평

가면 갈수록 눈길과 멀어진다
보면 볼수록 낯섦만 깊어진다
방생당하는 물고기 같아진다
가기는 가야되고 보기는 봐야
하는 처지가 어리벙벙해진다
침을 삼킬 때마다 목이 마르고
눈을 돌릴 때마다 어질어질다
이승에서 저승으로 건너가듯
후들후들 떨리는 게 여행이다.
다시 여행을 떠나고 싶다.

쪽팔리는 시대

한때 펜이 칼 보다 무서웠다
펜도 칼도 사라진 시대
사람에 인내가 나지 않는다

대가리가 텅 비었거나
가슴이 냉동고이거나
간덩이가 배 밖으로 달아났거나
색맹이 돼버리거나

세상에 없는 게
딱 두 개다
하얀 그림자와 말없는 입이다.

바다에 갔다가

수삼일
동거하는 동안
바람 잘 날 없고
파도 잘 날 없고
짠내 잘 날 없고
단잠 잘 날 없이
시퍼렇게 뜬눈으로
퉁퉁 불어 돌아 왔다.

난 네게 닿고 싶다

맘에
당도를 높이고 싶다

같이 밥 먹고
술을 마시자고 보채는 것도
사진 찍자 폰을 들이대는 것도

방전된 내 마음
충전시키고 싶어서이다.

늦가을 오후

창틈으로 드문드문 낙엽 지는 소리 든다
얇을 대로 얇아진 노을 한 자락 지고 있다
벗은 가지 끝에 매달린 설익은 땡감 몇 개
넌지시 매달려 있는 늦가을 오후
뱃가죽이 착 달라붙은 등짝이
자꾸 휘어지려 하는 데도
전기밥솥 고무패킹은 돌아 갈 생각도 안 하고
째려보는 내 눈을 빼꼼이 노리기만 한다
인정머리 없는 빈 그릇들만 수두룩 쌓여 있는
개수대를 왼발로 툭툭 건드려 보기도 한다
나는 아들네 가고 싶다.

오솔길에

불쑥 나타난
가을 바람이
솔솔솔
오솔길에
납죽납죽 엎드린
샛노란
은행잎 한 장씩
다문다문
밟아서 부네.

지루함 속으로

종일 쳇바퀴를 도네
가는 지 오는 지 헷갈리네

1961년 군 생활을 찾아 나서는데
2030년이 터억하니 나타나네

거들떠보지도 않던 추억이 나대면서
일말의 가책도 없이 기억의 전말을
뒤섞어버리네

일간지 부고란에는
나보다 몇 살이나 아래인 사람들의 이름이
버젓이 실려 있네

헛소리가 안 나오고는 못 배기네.

하얀 겨울에

겨울 하늘에
눈이 내리고

하얀 숲
끄트머리를
흔들어대는 눈보라

누가
저세상에 가나 보다.

사람의 섬

어드메 외상술 한잔 할 수 없을까?

코끝이 빨갛도록 퍼 마시고, 미치광이 처럼
고래고래 고성방가 떠들면서 갈지자로 걸어서
전봇대에 거총을 하고 컹 컹 컹 쏴 갈겨놓고는
지퍼도 끌어올리지 못하고 비실비실 집에 간다

가봤자 누가 있어야제 제미럴—

나는 혼자고
바다에만 첩첩산중에만
있는 게 아니고 사람의 가슴에도 턱하니
섬이 있더라.

속 토하기

말로도
눈빛으로도
들이대는 청진기도
다 못 보는 내 속아지
사랑도 그리움도
다
고백하지 않다가
끝에
한잔 술에는
고래고래 다 토한다.

삶은 주사위 같은 거

삶이란 건 주사위놀이 같은 거
던져질 때마다의 숫자 같은 거
판 마다 헷갈리는 요술 같은 거
요행이 점쳐지는 운수 같은 거

사람의 팔자란 주사위 같은 거.

거리에서 집으로

나는 떠도는 건가 헤매는 건가

반은 집에 있고 반은 밖에 있다

난 한평생을 길돌이로 살았다.

삶의 날

삶이란 생사의 경계선을 걷는 것

날마다 제 끼니는 챙겨 먹는 것

하루를 마감하고 괄호를 닫는 것

한 알씩 꾸러미 당하는 알 같은 것

자죽마다 떵떵떵 지축을 찍는 것

나무도 고향 쪽으로

봄이 오고
연초록 잎새들이 제비 새끼처럼 짹짹인다
해 뜨는 곳이 고향인 나무는 비탈진 산에서
동남쪽으로 몸을 기울여 가지들을 뻗어내며
봄
여름
가을
겨울
사시사철 고향에 뜬 태양을 바라보며 큰다.

다시 고서를 읽다

ⓒ2025 박현태

초판인쇄 _ 2025년 3월 5일

초판발행 _ 2025년 3월 12일

지은이 _ 박현태

발행인 _ 홍순창

발행처 _ 토담미디어

서울 종로구 돈화문로 94(와룡동) 동원빌딩 302호

전화 02-2271-3335

팩스 0505-365-7845

출판등록 제2-3835호(2003년 8월 23일)

홈페이지 www.todammedia.com

편집미술 _ 김연숙

ISBN 979-11-6249-160-7